Surprises de Noël

Du même auteur,
chez le même éditeur

Le Pingouin, 2000

Le Caméléon, 2001

L'Ami du défunt, 2002

Les pingouins n'ont jamais froid, 2004

Le Dernier Amour du président, 2005

Laitier de nuit, 2010

Andreï Kourkov

Surprises de Noël

Traduit du russe
par Paul Lequesne

LIANA LEVI *piccolo*

ISBN : 978-2-86746-557-4

Surprise de Noël *(Roždestvenskij sjurpriz)*
Ma différence préférée *(Moja ljubimaja raznica)*
Les Champignons de la liberté *(Griby svobody)*

www.lianalevi.fr

Surprise de Noël

Il neigeait. Une neige duveteuse, pelucheuse, indolente, pareille à une touriste irlandaise ayant abusé de l'hospitalité ukrainienne. Et c'est sous cette neige matinale, si pure et si gaie, que sans hâte nous nous baladions, Marina et moi. Le froid vif n'avait eu pour seul effet que d'animer notre cœur et de colorer nos visages. Une pelisse de renard protégeait efficacement Marina de la rigueur de l'hiver. Certes, son bonnet de ski rouge, arborant le nom d'une marque de café soluble, détonnait un peu. J'étais moi aussi chaudement vêtu : blouson en peau retournée, jean, chapka en fourrure de loup.

Un mois déjà s'était écoulé depuis notre mariage. Nous étions tous les deux inscrits à l'université, où nous suivions un cursus baptisé sommairement en anglais « *business administration* ». Le pays était témoin de la lente substitution d'une élite par une autre, l'ancienne cédait peu à peu la place à la nouvelle qui, d'un infime mouvement de l'esprit, était en passe de transformer un État post-soviétique sous-développé en une saine société capitaliste.

Au cours du dernier mois, qui était aussi à la fois notre premier mois d'hiver et de vie commune, Marina et moi nous étions chauffés au feu de notre amour, au point d'atteindre un état de lassitude d'une singulière douceur. On eût dit que nous n'avions plus la force de jouir plus longtemps l'un de l'autre, et non seulement la force mais même… non, pas le désir, n'allez pas croire ça, c'était plutôt que nous n'étions plus certains qu'une joyeuse intimité physique pût encore nous apporter cette sensation d'envol à laquelle nous étions habitués et que nous percevions comme allant de soi. C'était effectivement de la peur, peur de perdre non pas la volupté, mais la sensation de douceur que procurait cette volupté.

Il continuait de neiger à gros flocons. Nous vaguions dans le centre de Kiev. Frigorifiés – il faisait dans les moins quinze –, nous entrâmes dans un café pour nous réchauffer un peu. Quand nous ressortîmes, nous nous attardâmes devant les vitrines remplies de décorations de Noël.

Nous allâmes contempler également à plusieurs reprises le plus grand sapin de Noël du pays. Il avait été dressé cette fois-ci sous terre, dans le centre commercial de la place de l'Indépendance. Il se tenait là, le pauvre, tout à l'étroit dans l'espace pourtant vaste englobant trois étages de boutiques, entre les escaliers mécaniques et les deux verticales des ascenseurs. C'était là qu'il était censé attendre le passage des bourrasques et des tempêtes de neige annoncées, à cause desquelles, visiblement, on l'avait mis à l'abri.

« Eh bien ? Que proposes-tu pour ce soir ? » me demanda Marina quand, descendus une nouvelle fois au pied de l'arbre, nous fûmes installés à une table « macdonaldienne », placée presque sous les branches basses.

J'écartai les mains en signe d'ignorance.

« Quoi ! Tu n'as donc pas une once d'imagination ? C'est le réveillon de Noël ce soir ! »

Je réfléchis intensément.

« Moi, je sais », déclara Marina d'un ton ferme.

Elle ôta son bonnet de ski et ébouriffa de la main ses cheveux coupés en brosse.

« Quoi donc ?

– Cette nuit, nous allons concevoir un bébé ! Ce sera notre cadeau de Noël, pour nous et pour le monde entier.

– Hein ? » soufflai-je, stupéfait.

La proposition de Marina me prenait totalement au dépourvu.

« Quoi, tu es contre ? »

Dans ses yeux verts s'était allumée une flamme de méfiance que je voulus éteindre sur-le-champ.

« Mais non, que dis-tu là ! protestai-je. Simplement, je me disais... Quand on donne au sexe pareille fin, d'une certaine façon il prend plus d'importance...

– Noël ce n'est pas du sexe, c'est de l'amour... Et le sexe dont tu parles, j'en ai marre maintenant... »

« Moi aussi », pensai-je, mais sans l'exprimer à haute voix.

Au lieu de répondre, je me contentai de pousser un soupir pensif. Et de jeter un coup d'œil au plus grand sapin souterrain du pays. À une branche épineuse, toute proche de moi, pendait une boule étincelante marquée « 2009 ». Ce détail fit naître sur mes lèvres un sourire sarcastique.

« Regarde ! » Je montrai la boule à Marina. « Elle date de l'année dernière !

– Et pourtant elle brille comme si elle était neuve ! Imagine, au Noël prochain, nous serons déjà avec un petit bébé ! »

Je me l'imaginai très bien, et je dois dire que le tableau qui se peignait dans mon esprit était magnifique, même s'il tenait pour beaucoup d'une icône du petit Jésus.

« Mais tu sais… » Je regardai Marina droit dans ses yeux verts mi-clos. « … Ce serait encore mieux d'accoucher carrément à Noël ! »

Elle sourit, puis secoua négativement la tête.

« Qu'est-ce qu'on fait alors ? On rentre à la maison ? » demandai-je, me représentant une nouvelle soirée d'hiver dans notre intérieur confortable, une coupe de champagne à la main, devant la télé à écran plat.

« Non », répondit Marina d'un ton tranquille, la mine rusée.

« Non ? Nous continuons à nous promener ? »

Elle consulta sa montre.

« Restons ici encore une petite demi-heure… Commande-moi un chocolat chaud ! »

Quand nous émergeâmes de nouveau à la surface, il s'était remis à neiger. La neige tombait lentement, à gros flocons. Elle crissait sous nos pas. Il faisait déjà presque nuit, et la vie de la cité se mouvait, flottante et indécise, dans ce crépuscule émaillé de réclames lumineuses et de réverbères. Les voitures passaient sur le

Krechtchatik enneigé, avec la même aisance et la même indécision.

« Moi, j'ai une surprise pour toi aujourd'hui ! » s'exclama tout à coup Marina d'une voix joyeuse, en se tournant vers moi.

« Encore une ?

– Ouais... »

Elle hocha la tête, regarda l'heure à son poignet, puis se haussa sur la pointe des pieds et posa un baiser sur mes lèvres.

« Dans dix minutes, Dima nous emmène en voyage de Noël ! »

J'avais presque entendu « voyage de noces », mais le nom de Dima m'inspirait une soudaine inquiétude.

Dima était le frère aîné de Marina. Un type au passé encombrant. Il avait combattu en Afghanistan, puis, avec des potes, avait convoyé et protégé des conteneurs de cigarettes de contrebande acheminés depuis le port d'Odessa jusqu'à Kiev. Certes, il y avait déjà deux ans qu'il s'occupait d'un business parfaitement légal : organisateur de tourisme extrême. Il ne manquait pas de clients. En outre, la plus grosse partie des touristes extrémistes venait de l'étranger. Ses anciens contacts lui étaient d'une grande utilité dans cette affaire. Il était capable d'arranger presque tout ce qu'on voulait. Depuis un séjour de soixante-douze heures dans une vraie prison, enfermé dans une cellule en compagnie de dix récidivistes, pour un jeune journaliste américain, jusqu'à une tournée de découverte des villages de mineurs ukrainiens pour un groupe de missionnaires catholiques philippins.

C'est pourquoi je me sentis soudain tendu, imaginant aussitôt le genre de « voyage de Noël » que ce Dima pourrait nous concocter.

« N'aie pas peur ! dit Marina à la vue de mon visage décomposé. Tout sera parfait ! »

Bon, il n'irait pas entraîner sa propre sœur dans je ne sais quelle aventure, pensai-je, et cette idée suffit à m'apaiser.

Une demi-heure plus tard nous franchissions les limites de la ville. Le 4x4 russe Niva-Taïga roulait dans les ornières de la route de Jitomir, invisible sous la neige. Roulait sans se presser.

« Et où allons-nous ? demandai-je à Dima.

– En visite », répondit-il, sans quitter la route des yeux. « Il y a là un petit coin folklorique que peu de monde connaît.

– À côté de Kiev ?

– Eh bien, oui », opina-t-il, sur quoi il alluma l'autoradio.

Avec la musique, le voyage était plus gai. Le regard rivé à la vitre, j'observais la forêt hivernale aux allures de conte de fées qui lentement défilait à quelques pas de la voiture.

« Tu as acheté du pain ? demanda soudain Marina à son frère.

– Ne t'inquiète pas. J'ai tout acheté. Même plus qu'il n'en faut ! »

Bientôt nous quittâmes la grand-route pour nous engager dans un étroit chemin forestier.

Les ornières à demi effacées par la neige aidèrent là encore Dima à conduire son engin. À présent, cependant, il se tenait penché vers le pare-brise, suivant avec attention la trace à peine visible éclairée par les phares jaunes antibrouillard.

« Nous n'allons pas nous perdre ? » murmurai-je, inquiet.

« T'en fais pas ! On va s'en tirer ! » déclara Dima d'une voix ironique.

Sans doute répondait-il de la même façon à ses compagnons d'armes, en Afghanistan, quand au volant de son camion blindé il voyait les moudjahidin marcher sur eux.

Il faisait trop chaud à présent dans la voiture : le chauffage fonctionnait à pleine puissance. Je déboutonnai ma veste et ôtai ma chapka pour la poser sur la banquette.

Soudain le véhicule s'arrêta et Dima se tourna vers moi.

« Allez, Vassiok, fais une bonne action ! »

Je jetai un coup d'œil au-delà de la face moustachue de mon beau-frère et aperçus dans la lueur des phares une barrière abaissée et, à droite de celle-ci, une guérite de sentinelle, peinte en vert.

« Laquelle ?

– Descends de la bagnole, ouvre le coffre et sors du sac à dos la bouteille de Zubrowka. Ensuite va dans la guérite et pose la bouteille par terre. Après ça, tu lèves la barrière, tu attends que je sois passé, et tu la rabaisses ! C'est pas trop compliqué ?

– Non. »

Dans la guérite, j'eus la surprise de découvrir, sur le sol, deux bouteilles de champagne, trois de vodka, et un grand bocal de trois litres rempli d'un liquide trouble : sans doute de la gnôle maison.

Tandis que je relevais la barrière, je regardai autour de moi. Dans cette forêt enténébrée, la voiture, même avec les phares allumés, était semblable à une créature apeurée, sans défense. Et, comme pour donner à cette impression une plus forte intensité, une ombre juchée sur quatre pattes surgit de derrière les troncs noirs des pins et s'immobilisa. Des yeux brillèrent dans la nuit. Je sentis un frisson me parcourir l'échine. Je demeurai sans bouger, la main serrée sur la corde qui pendait du haut de la barrière levée.

Enfin la Niva-Taïga franchit le passage. Je relâchai la corde et l'attachai au poteau planté en terre, sur lequel reposait l'extrémité de la longue planche étroite qui barrait le chemin

« Où venons-nous d'entrer ? » demandai-je, quand j'eus repris ma place sur la banquette arrière.

« Dans un parc naturel, répondit Dima d'un ton bref. Mais nous sommes bientôt arrivés… »

Il tira soudain un téléphone portable de la poche de son blouson de cuir, et composa un numéro.

« Nous serons là dans moins d'une heure ! » annonça-t-il dans l'appareil.

Bizarrement, cette courte conversation téléphonique, ou plutôt cette unique phrase prononcée dans un portable, m'apaisa, me remit à l'esprit mes joyeuses pensées de Noël. Je me demandai quel cadeau je pourrais offrir à Marina. Peut-être un portable, justement ? Pour être en mesure de toujours l'appeler, d'être toujours sûr de la trouver. Mais dans ce cas, ce serait plutôt un cadeau pour moi que pour elle…

« Regarde, regarde ! » s'écria Marina, m'arrachant à mes pensées. Tournée vers moi, elle tendait la main vers l'avant de la voiture.

Le 4x4 ralentit. Je me penchai vers le pare-brise et distinguai un élan de taille prodigieuse. Il nous regardait ostensiblement.

Nous nous rapprochâmes et nous arrêtâmes devant lui, tel un soldat face à un général.

« Je donne un coup de klaxon peut-être ? » proposa Dima, pensif, après avoir jeté un coup d'œil à sa montre.

« Pas la peine, répondit Marina. Fais-lui plutôt quelques appels de phares. »

Dima suivit son conseil. L'élan secoua la tête, fit volte-face et s'éloigna dans l'obscurité de la forêt.

« Tu vois ! » soupira Marina, radieuse.

La forêt prit fin brutalement. La voiture déboucha dans un champ couvert de neige et parut rouler soudain plus facilement. Il n'y avait plus d'ornières, et Dima s'orientait sur les poteaux de bois plantés le long de l'invisible chemin de terre. Il faisait moins noir que dans les bois. Une lune jaune vif flottait au-dessus du champ, et sa lumière allumait des étincelles sur la neige.

« Que c'est beau ! » s'exclama Marina, et elle se retourna pour me sourire.

Un hameau se dessinait au-devant.

Le 4x4 stoppa tout près d'une chaumière, une bicoque trapue, dont les trois fenêtres brillaient d'une lueur jaune domestique.

« On y est ! » informa Dima en coupant le moteur.

Les deux propriétaires, Galina Ivanovna et Olga Ivanovna, nous accueillirent dans le vestibule avec une chanson de Noël. Elles étaient sœurs. Galina, l'aînée, avait quatre-vingt-deux ans, la cadette seulement soixante-quinze.

Dès que nous eûmes franchi le seuil de ce lieu, mon humeur changea du tout au tout. Il y faisait fort bon : depuis l'entrée on entendait les bûches crépiter dans le poêle. Toute la maison, qui se composait d'une petite cuisine, d'une pièce de séjour et de deux chambres, était parfaitement rangée et joliment décorée. On avait collé sur les fenêtres des angelots en papier blanc découpé. Dans un coin du salon, tout en haut du mur, sur une étagère, se trouvait une icône de la Vierge, éclairée d'une bougie. Sous l'icône trônait un énorme poste de télévision Horizon recouvert d'un napperon brodé. Au centre de la pièce : une grande table ronde.

« Entrez, entrez, hôtes de Noël ! » psalmodièrent les deux sœurs d'une voix pleine de gaieté.

Marina et moi nous déchaussâmes, abandonnâmes nos manteaux dans l'entrée et passâmes au salon. Dima resta dans le vestibule. Il avait porté jusqu'à la chaumière le grand sac à dos qui était dans la voiture, et s'employait à présent à le vider.

L'aînée des deux vieilles nous invita à nous asseoir sur le divan et alluma le téléviseur.

« Regardez un petit moment, Olga et moi avons encore à faire à la cuisine ! dit-elle. Seulement notre poste est un peu ancien, il montre tout de la même couleur. »

L'appareil mit trois bonnes minutes à chauffer. Puis une image apparut. Elle était rose et tremblotante. Sur l'écran, un Michael Jackson rose chantait et dansait dans un clip.

Dima entra à son tour dans la pièce.

« Alors, comment trouvez-vous l'endroit ? » demanda-t-il, joyeux.

« C'est la classe ! répondit Marina. Et les grands-mères sont charmantes ! Où les as-tu dégotées ?

– Secret professionnel, répliqua Dima avec ironie.

– Tu t'y connais en télé ? Il y a peut-être des boutons, là-dessus, à tourner pour que l'image soit normale ? »

Dima eut un geste d'impuissance.

« J'ai déjà essayé. Ça ne vient pas de l'appareil. C'est soit l'antenne, soit des interférences dans l'air, je ne sais pas… Ce qui est possible, c'est de régler sur noir et blanc !

– Non, non, je préfère encore voir la vie en rose ! »

Les vieilles réapparurent, tenant chacune à la main une nappe pliée, brodée de coqs rouges.

S'y prenant à deux, elles couvrirent d'abord la table de la nappe la plus lourde, puis étendirent la seconde par-dessus.

« Pourquoi deux nappes ? s'enquit Marina.

– C'est ce que veut la tradition », répondit Olga, la plus jeune, d'une voix bienveillante de guide touristique. « La nappe du dessous est pour les ancêtres, et celle du dessus est pour nous.

Puis l'aînée demanda à sa sœur de compter combien nous étions.

« Six », répondit Olga.

Et elles disposèrent six chaises autour de la table.

Je recomptai tous les présents et trouvai un total de cinq. Peut-être, me dis-je, attendons-nous encore quelqu'un. Et de nouveau je tournai la tête vers le téléviseur. À présent, c'était Britney Spears qui chantait et dansait sur l'écran rose. Mes yeux s'accoutumaient peu à peu à l'image monochrome et tremblotante. J'avais l'impression de regarder une ancienne chronique-spectacle de quelque siècle depuis longtemps passé.

Les deux sœurs pendant ce temps dressaient le couvert sans se presser. Au centre de la table, elles empilèrent trois *kalatchi,* trois pains façonnés en couronne. Dans le puits ainsi formé, elles insérèrent une grande bougie. Puis elles disposèrent assiettes, fourchettes et cuillers face à chacune des chaises.

« Tu as déjà fêté Noël pour de vrai ? » me demanda Marina.

Je secouai négativement la tête.

« Alors ça va forcément te plaire ! » s'exclama-t-elle en souriant.

À ce moment, l'aînée, Galina Ivanovna, revint avec un grand pot de terre coiffé d'un couvercle, qu'elle déposa sur la table. La cadette et Dima apportèrent quant à eux deux plateaux chargés d'une bonne dizaine de raviers emplis de poisson, de *vareniki* et de feuilles de chou farcies, qu'ils répartirent sur la nappe.

Après quoi les deux sœurs et mon beau-frère posèrent sur nous un regard interrogateur.

« Quoi, on passe à table ? demandai-je.

– Non, d'abord on sort ! m'informa Galina Ivanovna avec douceur. Le premier qui verra une étoile allumera la bougie (elle désigna le centre de la table). Alors seulement nous nous assiérons. »

Le ciel était entièrement masqué par les nuages. En un seul endroit s'apercevait une tache blanchâtre, là où la pâle lueur de lune tentait de percer.

L'air glacé me brûla la gorge. J'avais levé moi aussi la tête en l'air et scrutais le voile épais qui nous dérobait le ciel étoilé.

Un long hurlement nous parvint de la forêt. Je tressaillis.

« Vous avez beaucoup de loups par ici ? demandai-je à Olga Ivanovna.

– Oh, plein, mon fils ! répondit-elle. Des loups, et des tas d'autres bêtes !

– Là, là, regardez ! » s'écria soudain Marina d'une voix sonore, en tendant la main vers une minuscule étoile qui venait de surgir de derrière les nuées.

« C'est du bonheur pour toi, ma fille ! » promit l'aînée des deux vieilles. Puis elle nous embrassa tous de son bon regard et nous convia à passer à table.

Nous rentrâmes vite au chaud dans la chaumière et prîmes place.

Marina alluma la grande bougie dressée au milieu des trois *kalatchi* empilés. Les vieilles récitèrent d'une voix chantante une prière de Noël. Puis la cadette ôta le couvercle du grand pot de terre et déposa dans l'assiette de chacun un peu de *koutia*: une bouillie de millet au miel et au pavot. Ensuite vinrent le bortsch aux champignons et les dix autres plats. Et enfin l'*ouzvar*, une soupe froide, préparée avec une douzaine de fruits séchés différents. Et quand nous fûmes repus, on entendit la neige crisser au-dehors. Quelqu'un s'arrêta au seuil de la maison, et au même moment s'éleva une *koliadka*, une de ces chansons traditionnelles ukrainiennes qu'on chante pour Noël. Seulement les voix qu'on entendait étaient toutes masculines : on aurait dit un chœur de cosaques du Don.

« Peux-tu sortir les remercier ? me demanda Dima. Dans l'entrée, par terre, il y a un sac en papier plein de conserves de poisson. Tu en donnes une boîte à chacun. »

Le sac à la main, j'ouvris la porte et demeurai médusé : devant moi se tenaient six hommes en tenue de camouflage, qui chantaient.

J'attendis qu'ils eussent terminé, puis déposai dans la paume de chacun une boîte de crabe de la Kamtchatka.

Ils s'inclinèrent, tournèrent les talons, sortirent de la cour et s'en furent d'un bon pas sur la route enneigée, pour bientôt se dissoudre dans l'obscurité.

Bizarre, pensai-je, dans tous les contes et les films, ce sont les enfants qui chantent des *koliadki*, après quoi on leur donne des bonbons ou bien une pièce pour leur peine…

« Eh ! referme la porte, tu vas nous faire prendre froid ! » lança Dima derrière moi.

Je revins au séjour, d'humeur toujours perplexe.

« Oh ! Regardez ça ! Mets plus fort s'il te plaît ! »

La voix de Dima me fit dévier de mon chemin, le geste dont il accompagna ses paroles me poussa vers le téléviseur.

Sur l'écran venait d'apparaître le visage rose de notre président. Celui-ci souhaita un joyeux Noël à tous, et depuis l'écran nous bénit du signe de croix.

« C'est bien qu'il ait béni tout le pays, déclara la plus vieille des vieilles. L'année dernière il avait oublié de le faire, et dès le 1er janvier, tout a augmenté, d'un coup. Et la viande, et les œufs, et le lait…

– Allons, allons !… » la coupa sa sœur, Olga Ivanovna. « C'est péché que de se plaindre, nous vivons fort bien comme ça ! »

Puis elle se tourna vers Dima et lui dit : « Dieu te garde, mon garçon !… Eh bien, voilà, c'est fini, maintenant au lit ! Les jeunes, dans la première chambre (elle désigna de la main une double porte), et toi, mon petit Dima, tu dormiras à la cuisine, nous allons t'y installer un lit pliant. D'accord ? Ici, c'est impossible.

– Et pourquoi, c'est impossible ? » demandai-je, étonné. « Et à qui était destinée cette sixième chaise ?

– Aux esprits des ancêtres. C'est la tradition, m'expliqua la plus jeune vieille avec patience. Mais ils peuvent aussi bien venir pendant la nuit, c'est pourquoi il vaut mieux que personne ne dorme dans cette pièce. »

On nous avait attribué une chambre avec un grand lit double. Au mur, au chevet : une icône.

« Alors, tu es prêt ? » me murmura Marina en se déshabillant.

Je compris sa question. Et en effet, cette soirée-là avait quelque chose d'étonnant, d'étrange, de solennel, qui échappait un peu à l'entendement. C'est sans doute par des nuits de cette sorte qu'il faut concevoir les enfants…

Sous l'édredon douillet, Marina et moi nous trouvâmes réchauffés dans l'instant.

« À présent nous garderons à jamais le souvenir de ce Noël ! »

Le chuchotement de Marina me brûla l'oreille, et je la serrai très fort contre moi.

Au beau milieu de la nuit, je fus réveillé par un léger bruit en provenance du séjour. Marina dormait comme une marmotte. Tout était calme, aussi bien dehors que dans la maison. La fabuleuse nuit de Noël continuait, et je me figeai, attentif à ce bruit, comme pour vérifier qu'il était bien réel, et non féerique.

Mais il s'entendait toujours, et paraissait même s'amplifier. Un peu effrayé, je me levai, et marchai jusqu'aux portes donnant sur le séjour. J'entrouvris un des battants.

Filtrant par une fenêtre, la lune éclairait une partie de la table ronde. Et dans cette zone de lumière, j'aperçus deux souris occupées à achever notre festin.

Un sourire de soulagement se dessina sur mon visage. J'entrai dans la pièce et refermai tout doucement la porte derrière moi.

Les souris ne semblèrent nullement affectées par ma présence. Mais sitôt que j'allumai la lumière, elles bondirent au bas de la table et filèrent sous le divan. Le courant électrique, dans cette maison, était visiblement instable. L'ampoule du plafond tantôt brillait avec intensité, tantôt menaçait de s'éteindre. Je regardai autour de moi et découvris sur l'appui de fenêtre un drôle de boîtier noir. Je m'approchai et le pris dans mes mains.

Et dans l'instant, je fus transi de froid. L'appareil que j'examinais était un compteur Geiger.

Je me souvins alors de la barrière et de la guérite, des six militaires qui nous avaient chanté des airs de Noël et avaient reçu en échange chacun une boîte de conserve. Je me rappelai aussi la biographie de Dima.

Ah ! le salaud ! pensai-je. Il nous a entraînés dans la zone de Tchernobyl. Et c'est ici que nous avons conçu un enfant... Mais qu'est-ce qui lui a pris ? ! C'est pourtant sa sœur ! Je t'en foutrais, moi, du tourisme extrême ! Que cherche-t-il ? À nous montrer que les vraies traditions ne subsistent que grâce aux radiations ?

Je retournai dans la chambre. Je m'habillai en m'efforçant de ne pas réveiller Marina. Puis je repassai au séjour.

Il dormait à la cuisine ! J'eus très envie de m'emparer d'un objet pesant, et d'aller lui en flanquer un grand coup sur le crâne. Mais je ne trouvai rien à proximité qui fût assez lourd. Je parcourus à nouveau la pièce du regard, et à mon grand étonnement, j'aperçus Dima.

Il se tenait sur le seuil de la porte donnant sur l'entrée. Il était habillé, et sa main serrait le goulot d'une bouteille de champagne.

« Tu n'as pas sommeil ? » demanda-t-il à voix basse.

Sur son visage naquit un sourire espiègle.

« Où nous as-tu amenés ? » demandai-je dans un chuchotement furieux.

Son sourire ne s'effaça pas. Ses yeux se posèrent sur la table où nous avions dîné. Je compris qu'il regardait à présent le dosimètre que j'avais posé en face de la sixième chaise.

« Nous sommes dans la zone de Tchernobyl ! » m'exclamai-je, presque à haute voix cette fois-ci, sans attendre que Dima eût répondu à ma question.

« Tu sais ouvrir une bouteille de champagne sans faire de bruit ? dit-il. Oui, tu sais, je me rappelle ! Allez, débouche-la ! »

Je lui pris la bouteille des mains. Il hocha la tête en direction de la table, m'invitant à m'asseoir.

Nous prîmes place. J'ôtai la jupe entourant le goulot, desserrai le muselet avec précaution, puis, d'un geste précis de chirurgien, je tirai le bouchon vers moi. Quand il commença à venir tout seul sous la pression du gaz, je m'appliquai à le retenir.

« Et maintenant, sers-nous ! murmura Dima.

– Et à quoi allons-nous trinquer ? » demandai-je, maussade. « À l'accouchement en zone irradiée ? »

De nouveau, Dima esquissa un sourire ironique.

« Non, à l'inauguration d'un nouveau type de tourisme extrême. Entièrement de mon invention. Ça s'appelle : "Roulette russe dans l'Ukraine provinciale".

– Qu'est-ce que tu entends par là ?

– J'ai cinq endroits comme celui-ci. L'un se trouve dans la région de Tchernobyl, les quatre autres dans des villages ordinaires camouflés en zones irradiées. C'est pour les nouveaux Russes qui ont déjà tout vu et sont blasés. Tu achètes un séjour, tu reçois un numéro de destination, et c'est parti ! Au fait, tu as tort d'avoir peur de Tchernobyl ! Sais-tu que les radiations apaisent les nerfs ?

– Tu ne m'as pas répondu : on est dans la zone ou pas ?

– Non, ne crains rien. »

Je poussai un soupir de soulagement et avalai une gorgée de champagne.

« Alors quoi, tu as machiné tout ça spécialement à notre intention ? Pour nous procurer des sensations fortes ?

– C'est mon cadeau de Noël à moi. À propos, vous n'aimeriez pas fêter le prochain dans une mine de Donetsk avec des mineurs en grève ?

– Au Noël prochain, nous aurons un bébé, répondis-je à Dima d'une voix calme et assurée. Et je doute que ça lui plaise de se trouver au fond d'une mine avec des mineurs…

– Ce n'est pas grave, répliqua Dima d'un ton joyeux. Nous avons encore une année devant nous. J'ai tout le temps d'imaginer autre chose pour vous. Quelque chose qui plaira aussi au gamin ! »

Ma différence préférée

« Je viendrai sous ta fenêtre, une nuit d'hiver, à bord d'un tank d'une blancheur de neige. »

Chaque nuit, cette phrase me revenait en rêve, prononcée par ma bouche. Et j'avais l'impression d'opiner de la tête dans mon sommeil dès que je l'entendais. J'étais d'accord pour venir sous ta fenêtre aux commandes d'un char d'assaut tout blanc. Seulement, où trouver cet engin de guerre immaculé ?

Je passai en revue tous les mots entassés dans ma mémoire. La mémoire, ce ne sont pas des archives. L'ordre n'y règne jamais. Même quand on y retrouve un souvenir, on a du mal à savoir avec exactitude quand et par qui la chose fut dite ou faite.

Ta voix, quelque part, très loin, murmurait : « Mon père était commandant d'une unité blindée… »

Tu avais dit cela le lendemain de notre première rencontre. Ou plutôt ç'avait été là ta réponse à ma proposition d'aller boire un thé chez toi.

Finalement, nous n'avions pas pris le thé. Nous nous étions plusieurs fois arrêtés dans un bar, où tu commandais systématiquement un Martini rouge, tandis que je m'essayais tantôt à un Calvados, tantôt à un vrai porto du Portugal. Plus tard, on était déjà fin mai, nous étions descendus à Yalta où nous avions passé trois jours. Le soleil commençait tout juste de ranimer, de décongeler les gens. Le printemps était tardif. Une semaine avant ce voyage, j'avais eu quarante-cinq ans, au mois de septembre suivant tu devais « t'en taper » vingt-deux. La différence était sensible. Rappelez-vous le slogan de la pub : *Sentez la différence !* Je l'avais sentie en effet. Et gravée à jamais dans ma mémoire.

Ainsi, cette nuit-là, je l'évoquais à nouveau dans mon rêve, un de ces rêves récurrents tout entier consacré à toi.

À partir du nouvel an, la ville avait perdu en éclat, en revanche elle en avait regagné à l'approche de Noël[1]. J'étais en suspens entre ces deux fêtes, avec la nette sensation qu'il était nécessaire d'agir, de prendre quelque chose du passé pour le transbahuter, sinon dans le futur, du moins dans le jour présent, ou plutôt la nuit présente.

Quelqu'un, dehors, fit partir une fusée. Une gerbe d'étincelles multicolores explosa au-dessus de l'immeuble. J'ouvris les yeux. Le phosphore des aiguilles de l'antique réveil indiquait une heure un quart du matin.

Celui qui avait tiré ce feu d'artifice était sans doute plus jeune que moi de dix ans. À mon âge,

1. L'Église orthodoxe russe observe toujours le calendrier julien, décalé actuellement de treize jours par rapport au calendrier grégorien ; en conséquence, Noël se fête le 7 janvier. (*Les notes sont du traducteur.*)

on commence de témoigner une solide indifférence aux spectacles pyrotechniques.

À présent, je n'avais plus sommeil.

Je me levai et m'approchai de la fenêtre.

« Où es-tu Iya ? » demandai-je à l'obscurité derrière la vitre.

Par ces nuits d'hiver, c'était elle qui me manquait. Les autres, les femmes qui avaient séjourné quelque temps dans ma vie personnelle, je n'y pensais même pas.

« Allô ? bredouilla une voix ensommeillée. Qui est à l'appareil ? »

Bientôt une heure et demie. Elle devait dormir profondément. J'aurais été curieux de savoir à quoi elle rêvait.

« Un égoïste surgi de ton passé récent », dis-je.

Silence dans le combiné. Une minute, puis deux. Elle ne raccrocha pas.

« Tu m'as reconnu ? » repris-je enfin, incapable de supporter ce jeu de « à qui se taira le plus longtemps ».

« Oui.

– Comment va ton père ?

– Il est mort. Il y a deux mois.

– Excuse-moi.

– Ce n'est pas grave. Je me suis déjà habituée à son absence. Ses amis non, pas encore, ils appellent de temps en temps. Parfois la nuit. Les vieux, comme les gens heureux, ne regardent pas l'heure. J'ai cru que c'était l'un d'eux.

– Tu es seule maintenant ? ! » En posant cette question, je perçus dans l'intonation de ma voix l'espoir qu'elle répondît par l'affirmative.

« Presque.

– Comment ça ?

– Depuis avant-hier, mon *boy friend* a disparu.

– Tu n'as pas collé des affiches sur les murs ? Du genre : “Rendez-le-moi, bonne récompense…” »

Silence dans le téléphone.

« Pardonne-moi, dis-je. La nuit, il m'arrive de faire des plaisanteries foireuses. Si tu veux, on peut aller à sa recherche ensemble.

– Tu plaisantes à nouveau ? ! soupira-t-elle.

– Non, je ne plaisante pas. Je peux être chez toi dans vingt minutes.

– Chiche ! » répondit-elle d'une voix cette fois-ci parfaitement réveillée.

Dehors, il faisait moins dix, moins quinze. Mon Opel grise refusait absolument de démarrer. Elle était gelée, la pauvre. Si elle s'entêtait, je ne pourrais pas tenir ma promesse. Aller à pied, sur la patinoire que formait la neige durcie, depuis la rue Nikolsko-Botanitcheskaïa jusqu'à chez elle, rue Lipskaïa ? Ça me prendrait bien quarante minutes, sinon une heure. L'hiver, impossible de marcher vite. Surtout la nuit.

L'Opel accepta enfin de partir. La croûte de glace craqua sous les roues. À gauche, l'université, à droite, le monument au poète national. Je tournai sur le boulevard qui descendait vers la place de Bessarabie. De nouveau l'université à gauche, le corps de bâtiment jaune cette fois-ci, tandis qu'à droite, dans le parc du poète national, le restaurant, dédié au même grand homme, semblait dormir. La voie était déserte, juste animée du scintillement de la neige reflétant la lueur des réverbères. Les feux de signalisation clignotaient à l'orange. Pas une voiture, pas une âme aux alentours. Où allions-nous pouvoir chercher son *boy friend*?

Cela dit, qu'en avais-je à faire de son petit copain ? Il me suffisait de revoir la femme qui m'avait amené à sentir la différence. Du point de vue physique, elle était simplement belle et élégante. Non, la différence entre elle et les autres jeunes femmes n'avait rien à voir avec le physique. Elle était ailleurs. Dans son tempérament, dans son caractère imprévisible, dans je ne savais quelle bizarrerie profondément enfouie en elle.

« Ça alors, pile dans les temps ! s'exclama-t-elle en m'ouvrant la porte.

– Je me suis dépêché. »

Elle était déjà habillée : bottes, jean, pull bleu marine. Vivement, elle glissa ses mains dans les manches de sa canadienne marron.

« Je suis prête.

– Et où allons-nous ? demandai-je.

– Dans les lieux de plaisir. On va commencer par le casino Saliout. »

Dans sa main était soudain apparue une petite brochure colorée, le guide de *Kiev la nuit*, qu'elle agitait sous mon nez d'un air espiègle.

L'établissement en question se révéla fermé. Nous inspectâmes les trois boîtes de nuit les plus proches. Aucune trace du *boy friend.* Nous poussâmes alors plus loin, du côté du Krechtchatik.

Le passage était un peu plus animé. Devant les vitrines illuminées des cafés et des restaurants se tenaient de grandes filles vêtues de manteaux de fourrure étonnamment courts.

« Qu'est-ce qui coûte le plus cher, à ton avis : la fille ou le manteau ? »

Iya se retourna tout en marchant et se racla la gorge, perplexe.

« Le manteau, répondit-elle après un instant de réflexion. Tiens, entrons voir là ! »

Nous descendîmes dans une cave, dont les murs vibraient sous la violence de la musique. Dans l'air flottait une drôle de fumée douceâtre, vestige d'effets spéciaux de discothèque ou témoin de consommation de substances illicites.

Un solide garçon, fort convenablement vêtu, bondit pour nous accueillir.

«Je peux vous débarrasser ? demanda-t-il.

– Non, inutile ! » Iya l'éloigna d'un geste de la main. « Nous cherchons un ami. »

Il nous céda le passage et nous traversâmes trois salles en nous arrêtant chaque fois pour dévisager les clients. J'en eus bientôt assez de tourner la tête en tous sens. Et je demandai : « À quoi ressemble-t-il au fait ?

– Il est un peu comme toi, mais en plus vieux. »

En ressortant du passage, je consultai ma montre.

« Déjà trois heures, soupirai-je.

– Quoi, tu es fatigué ?

– Non. Écoute, ça lui est déjà arrivé de disparaître comme ça ?

– Oui.

– Et où l'as-tu retrouvé ?

– Dans des boîtes de nuit. Il traverse une crise en ce moment.

– Mais peut-être se planque-t-il chez lui ? Peut-être a-t-il eu envie de solitude. Moi aussi, tu sais, j'ai besoin d'être seul parfois !

– Chez lui, il y a sa femme et ses deux enfants déjà adultes, ce n'est pas là qu'il trouvera la solitude. Alors que tous ces clubs et ces bars sont faits pour ça, pour s'isoler, ce sont des lieux pour solitaires ou pour assimilés.

– Voilà qui est joliment exprimé.

– Mets le moteur en marche ! (D'un hochement de tête, elle me désigna la voiture.) Nous allons faire un saut au quartier du Podol. »

Le comptoir du bar était enveloppé d'un brouillard de fumée. On fumait à chaque table, et des tables, il y en avait au moins une dizaine. Une seule était libre, mais elle était placée dans un coin.

Nous commençâmes par nous asseoir. Ensuite seulement nous regardâmes autour de nous. La tâche se révélait ici assez amusante. À part la nôtre, chaque table était occupée par un homme seul, devant lequel étaient posés un cendrier et un verre d'alcool, grand ou petit. Chacun tenait entre ses doigts une cigarette allumée. Parfois, trois ou quatre d'entre eux portaient leur cigarette à leur bouche presque en même temps, et cela me plaisait beaucoup. Fellini aurait beaucoup aimé aussi. La nage synchronisée est bien connue de tous, mais la fumerie synchronisée ne l'est pas encore. La musique s'emplit soudain d'un rythme surgi de l'intérieur, ébranlant tout mon être, l'accordant sur une perception charnelle du monde. La guitare s'étala sur le sol jusqu'à toucher mes pieds de sa plus basse fréquence. Je me retournai. Mon regard s'arrêta sur une petite estrade plantée d'une barre chromée qui en haut s'enfonçait dans le plafond en miroir. Et là, dans cet espace déjà envahi de fumée et de musique, apparut une danseuse en costume de Sniégourotchka[1] extrêmement sensuelle. Je ne parvenais déjà plus à en détacher les yeux quand Iya d'abord me posa une main sur l'épaule, puis au bout d'une minute y planta ses ongles acérés. Je tournai la tête vers elle.

Son visage affichait une expression triomphale. Elle captura mon regard avec le sien et l'orienta vers un homme aux cheveux grisonnants, assis à trois tables de la nôtre, le menton calé sur son poing.

« C'est lui ? » murmurai-je, en me penchant pour coller ma bouche à son oreille.

Elle hocha la tête. Puis elle se leva brusquement et s'éloigna vers le bar. Bizarrement, aucun des

---

1. *Sniégourotchka*: la Fille des neiges, qui accompagne Died Moroz – le Père Gel – durant la nuit de Noël (ou du jour de l'an) et l'aide à distribuer les cadeaux.

hommes présents ne réagit à la manière dont elle traversa la salle, d'un pas assez nerveux, peu en accord avec l'atmosphère qui régnait. Tous les clients suivaient avec une extrême attention le lent effeuillage auquel procédait la danseuse.

Iya revint avec un grand verre de Martini rouge et un petit verre de cognac.

Elle posa ce dernier devant moi.

« À l'objet perdu retrouvé ? » chuchotai-je en guise de toast.

Elle secoua négativement la tête, puis tout à coup cligna les yeux. Entre ses paupières mi-closes, son regard vrilla le mien. Puis elle opina.

Sniégourotchka pendant ce temps en était déjà à ôter son bustier argenté, presque suspendue au-dessus du gentleman grisonnant récemment disparu de l'appartement d'Iya, lequel l'observait en contre-plongée, la mine grave. La poitrine de la jeune femme ne me parut guère convaincante. Bien que le reste du corps fût des plus sportifs.

« Écoute ! » Le murmure d'Iya pénétra mon oreille telle une douce brise. « Quand la musique entamera le strip-tease suivant, va là-bas, s'il te plaît. » Elle me désignait l'embrasure de la porte en arrondi par laquelle la danseuse était entrée sur scène. « Et débrouille-toi pour enfermer la prochaine libellule dans les toilettes ou bien où tu voudras. Mais en douceur, et sans faire de scandale. »

J'opinai du chef avant de songer à me demander quelle idée venait de lui traverser l'esprit.

Mais déjà la musique faiblissait. Sniégourotchka aida le gentleman à glisser un billet vert dans son string. Dès que la musique se fut tue, elle expédia au bonhomme un baiser aérien, puis se retira avec grâce.

Iya posa de nouveau la main sur mon épaule, et je me gardai bien d'attendre la seconde partie du signal. Je me levai et sortis de la salle derrière la danseuse.

Je me surpris à marcher en imitant son pas folâtre.

Elle disparut derrière une porte, à laquelle menait un petit couloir. Il régnait là une odeur insistante de crevettes bouillies. Je tentai de me rappeler si j'avais aperçu un verre de bière sur une table. Mais non, personne ne buvait de bière.

La musique reprit dans la salle. Je me tins en alerte, adossé au mur. Je perçus deux voix de femmes derrière la porte. Celle-ci s'ouvrit, livrant passage à la même jeune femme, vêtue cette fois-ci en Petit Chaperon rouge des plus érotiques. Son visage témoignait de l'attention qu'elle prêtait à la musique. Elle cherchait à accorder son corps au rythme qu'elle entendait. Je m'avançai alors d'un pas et lui barrai le chemin. Pour éviter toute réaction bruyante, je portai l'index de ma main droite à sa bouche, lui intimant de se taire.

« Il y a un contrat sur ta tête », lui murmurai-je, en composant sur ma face une grimace presque tragique.

« Quoi ? ! Mais qui veut ma mort ? » souffla-t-elle, terrifiée.

« La maîtresse de ton admirateur. Le vieux, là-bas, dans la salle.

– Que faire ? Que faire ? » soupira-t-elle, affolée, en inspectant les alentours de ses yeux verts légèrement fardés.

« Filer ! lui répondis-je. Filer d'urgence et te mettre au vert pour les cinq prochains jours ! »

Elle hocha la tête et se précipita dans la pièce qu'elle venait de quitter.

Je m'en revenais sans hâte vers la salle, quand je fus arrêté par un claquement de talons résonnant derrière moi.

Je me retournai.

Et de nouveau je vis le Petit Chaperon rouge, qui cette fois-ci serrait sous son bras gauche une courte pelisse de renard bleu, et dans sa main droite une coupure de cent dollars.

Elle me tendit le billet vert d'un geste timide.

« Prenez, me souffla-t-elle. Après tout vous ne toucherez pas votre argent à cause de moi ! »

Je pris l'argent, et aussitôt elle courut jusqu'au bout du couloir.

Je l'accompagnai du regard, reniflai le billet de banque (je me demandais qui avait bien pu le lui donner, et de quelle manière) et décidai malgré tout de regagner ma table. Mais comme j'approchais de l'ouverture de la porte, au-delà de laquelle la musique se déchaînait dans la fumée de cigarettes, je m'immobilisai, frappé de stupeur.

À côté de la barre verticale, Iya dansait. Son pull était déjà à terre, et à ce moment dont je parle, roulant gracieusement sur le plancher au rythme de la musique, elle était en train d'ôter son jean. Les hommes solitaires l'observaient, tels de placides boas. Et comme plusieurs d'entre eux portaient leur cigarette à leurs lèvres d'un geste synchrone, d'autres levaient leur verre d'un même mouvement.

Iya n'avait plus sur elle qu'une culotte bleu marine et un soutien-gorge de la même couleur. Certes, elle ne dansait pas aussi bien que Sniégourotchka, mais elle semblait autrement plus fraîche et séduisante.

Tout en dansant, elle se rapprocha du type aux cheveux grisonnants. Elle dégrafa son soutien-gorge, le fit tournoyer au-dessus de sa tête et le noua au cou de l'homme à la manière d'une écharpe. Puis elle vint s'asseoir sur ses genoux, prit son visage entre ses mains et le força à la regarder dans les yeux. Et là se produisit un truc étrange. Le type poussa un hurlement et se leva d'un bond. Iya s'effondra sur la table, projetant verre et cendrier par terre.

« C'est toi ! C'est toi ! » braillait le bonhomme, tournant la tête en tous sens comme s'il cherchait une voie par où s'enfuir.

Iya entre-temps s'était redressée. Debout sur la table, elle posa son pied sur la poitrine de l'homme et le poussa avec force.

Au même instant, un autre gus, profitant de l'occasion, trouva le moyen de lui glisser un billet vert dans la culotte. Il devenait urgent de régler, d'une manière ou d'une autre, la situation. Je courus ramasser le pull et le jean qui traînaient, puis j'empoignai Iya au passage et l'emportai dans mes bras.

Elle se rhabilla une fois dans la rue. Heureusement, il n'y avait personne dans les environs. Je dus néanmoins retourner dans l'établissement récupérer sa canadienne et ses bottes. Je fus arrêté à la sortie par deux vigiles. Je leur tendis les cent dollars que m'avait donnés le Petit Chaperon rouge. Les deux gaillards s'écartèrent, et je me précipitai dehors, anxieux de respirer le souffle glacé et hivernal de la liberté.

Dans la voiture, Iya grelottait. À cause du froid ou bien du trop-plein d'émotion et de tension nerveuse.

« Dis-moi, pourquoi as-tu eu besoin de t'encombrer de ce vieux à cheveux blancs ? » lui demandai-je le lendemain, tard dans la matinée, quand nous eûmes quitté le lit.

« Pour revenir à la norme, il faut d'abord passer par "l'extrême", me répondit-elle d'une voix tranquille.

– Si lui, c'est "l'extrême", la norme, qu'est-ce que c'est ?

– La norme, c'est toi, déclara-t-elle avec un sourire malicieux. Remarque, avant je pensais que c'était toi, "l'extrême". »

Sur ces mots, elle me colla un baiser sur la joue.

« Mais sans char d'assaut blanc comme la neige, nous n'avons aucun avenir, toi et moi.

– Tu as le numéro de téléphone de l'unité que commandait ton père ? »

Elle hocha la tête.

L'officier de service, un capitaine au nom de famille si commun qu'il en était impossible à mémoriser, se montra très aimable.

« Non, vous ne m'étonnez pas du tout ! s'exclama-t-il en réponse à ma question. Seulement pourquoi vous donner la peine de repeindre un tank en blanc ? Nous en avons deux pour le combat d'hiver.

– Je n'en ai besoin que d'un seul.

– Avec un tankiste, ou bien comptez-vous le piloter vous-même ?

– Non, avec un tankiste, et un servant pour le canon…

– Un tir, cinquante dollars, prévint le capitaine. Uniquement des coups à blanc ! Le tir réel n'est autorisé qu'à l'intérieur du polygone.

– Va pour les coups à blanc ! Je passerai aujourd'hui dans la soirée, vers neuf heures. »

Iya avait obtenu ce qu'elle voulait. La nuit de Noël, elle et moi, accompagnés de deux soldats, nous engagions sur la route de Vychgorod, à bord d'un char de combat tout blanc. Nous fîmes halte devant je ne sais quel village. Nous bûmes le champagne avec les tankistes. Puis nous sortîmes, tant bien que mal, de l'engin et débouchâmes une seconde bouteille. En tête à tête cette fois-ci.

« Quand devrons-nous tirer ? » demanda l'un des soldats, passant la tête par la trappe de la tourelle.

J'échangeai un regard avec Iya.

« Maintenant ! criai-je au tankiste.

– Direction ?

– Cinq coups à l'est et cinq à l'ouest !

– À vos ordres ! »

À mon âge, on ne trouve plus guère d'intérêt à tirer des fusées ni même à organiser des feux d'artifice privés. Un char d'assaut, ça en impose en effet davantage que n'importe quel pétard. Après le tonnerre déclenché par les coups de canon, je crus avoir perdu pour un temps l'ouïe. Mais cela ne nous empêcha pas, Iya et moi, de nous embrasser.

« Eh ! fit de nouveau la voix du tankiste du haut de la machine de guerre. Nous avons encore quelques obus... Voulez-vous que nous tirions encore ? C'est gratuit ! Pour fêter Noël !

– Allez ! criai-je. Feu ! »

Après la guerre, au milieu des ruines, s'épanouit l'amour. C'est ainsi qu'ils se succèdent constamment : l'amour, la guerre, l'amour, la guerre, l'amour...

« Écoute, et si j'emménageais chez toi ? Ou bien toi chez moi ? » proposai-je à Iya.

Elle éclata de rire.

« D'accord ! répondit-elle quand elle recouvra son sérieux. Seulement, à partir de demain, plus de char d'assaut ! Même couleur de neige !

– Entendu ! Et plus de boîte de strip-tease non plus ! »

Elle hocha la tête.

Et à cet instant, un nouveau coup de canon assourdit notre bonheur.

Les champignons de la liberté

L'automne commence par un rhume. Le calendrier n'y est pour rien. Ainsi pensait Oleg, en inspectant son nouveau logis – logis temporaire qu'il n'avait point choisi. Il avait auparavant beaucoup entendu parler de la prison de Loukianovka, des terribles cellules de détention préventive, des tortures raffinées utilisées par les policiers.

Il n'avait pour l'instant passé qu'une nuit dans ce nouvel univers. Certes, le lit, ou plutôt le matelas, s'était révélé un peu dur. Mais c'était bon pour la colonne vertébrale. Le dîner de la veille était un peu pauvre en calories, mais c'était là après tout une occasion inespérée de perdre deux ou trois kilos. L'humidité ?! Voilà à dire vrai ce qui lui déplaisait le plus dans cette cellule. Tout le reste était O.K. !

Oleg jeta un coup d'œil à la table de nuit, au lavabo, au petit frigo décoré d'une feuille de papier sur laquelle on avait tracé, d'une écriture soignée, cette sympathique dédicace : *Aux détenus inconnus qui me succéderont, de la part de l'ancien occupant de ce trou. M. Grodski.*

« Chic type ! » se dit Oleg, puis il se rappela qui était ce M. Grodski : un personnage en vue, membre de l'oligarchie et acteur de la vie sociale.

« Un chic type quand même ! » conclut Oleg avant de porter son regard sur le poste de télévision.

Celui-ci n'affichait aucune signature, pas plus que les autres objets d'ameublement carcéral.

La porte métallique s'ouvrit et un gardien tendit à Oleg une écuelle de kacha de sarrasin.

« Quel temps fait-il dehors ? s'enquit Oleg.

– Il tombe du crachin, répondit l'homme en secouant la tête. Et j'ai des rhumatismes. Vivement l'été ! »

Oleg acquiesça. Il remarqua alors avec étonnement que le maton portait une Rolex. Cela lui donna matière à méditer sur la patrie et sur l'avenir.

« Vous devriez vous inscrire à la bibliothèque ! Hier on a reçu de nouveaux bouquins. Sur le business, et sur le management ! » lança le gardien au moment de refermer la porte.

Oleg bondit.

« Et comment fait-on pour s'inscrire ? » cria-t-il.

Une petite lucarne grillagée s'ouvrit dans le vantail, où ne logeaient que la bouche et les yeux du gardien, comme si on avait découpé sa photo avec une paire de ciseaux.

« Je reviens dans une heure prendre votre nom ! » promit-il avant de rabattre le judas, avec précaution, sans un bruit.

La bibliothèque de la prison était claire et spacieuse. La bibliothécaire, assise derrière un bureau en chêne, était occupée à prendre le thé. À ses pieds rougeoyait un radiateur électrique, la résistance portée à incandescence. Et c'est pourquoi il régnait là une odeur non pas d'humidité, mais d'ozone. Odeur qui, cela dit, n'avait rien d'irritant.

Oleg remplit le formulaire et signa la déclaration l'engageant à ne pas sortir de livre de la prison. Après quoi il s'approcha prudemment des rayonnages.

Il revint à sa cellule avec un livre sur *Comment devenir millionnaire* et un manuel d'auto-apprentissage du finnois. Une fois allongé sur son lit, il décida en premier lieu de s'initier à la meilleure manière de faire fortune. « Avant tout, disait le livre, il convient de naître dans une famille très pauvre et de savoir ce qu'est une kacha sans beurre... ». Il réfléchit. À en croire ce qu'il venait de lire, Oleg ne deviendrait jamais millionnaire. Et Vovka, son fils de cinq ans, non plus. Et Valia, son épouse bien-aimée, pas davantage. Tous étaient nés dans des familles normales, tous avaient mangé dans leur enfance de la kacha au beurre. Quant aux parents de Valia, jusqu'à présent ils adoraient rajouter du beurre dans tout ce qu'ils mangeaient. Et ils pouvaient se le permettre. Son père était douanier, tandis que sa mère travaillait à l'inspection des impôts. Les pensées d'Oleg s'étaient orientées d'elles-mêmes sur ses beaux-parents. Il les respectait et les appréciait beaucoup. Il le pouvait ! Sans leur aide, Oleg n'aurait jamais réussi à s'installer si vite. Quant à la confortable maison à deux étages toute neuve qu'ils occupaient, Valia et lui, elle avait été bâtie grâce à l'argent économisé sur le paiement des impôts et des taxes.

Du reste il y coulerait encore des jours heureux, occupé à la vente en gros de peinture polonaise et de bière tchèque, s'il n'avait rencontré par hasard un prêtre dans une boîte de nuit.

À la vérité, Oleg ignorait que son voisin de table, dans ce club de strip-tease, se révélerait homme d'Église !

L'affaire avait eu lieu à Oujgorod, sa ville natale.

Ce soir-là, il se sentait harassé de fatigue, et après avoir mis son fils et sa femme au lit, il était sorti pour se détendre. Il avait envie d'un peu de solitude, c'est pourquoi il décida de se rendre dans le saint des saints du club. Là, dans la salle dédiée au strip-tease, les hommes sont toujours installés tout seuls à une petite table ronde, tant il est vrai que reluquer les femmes est une activité strictement individuelle.

Les clients sirotaient de la vodka ou des cocktails d'un air concentré et pensif, leurs soucis et leurs problèmes philosophiques non encore résolus ne s'effaçant temporairement qu'au moment où la danseuse suivante, experte en effeuillage, s'avançait sur la scène.

Un barbu vêtu d'un costume de marque vint s'asseoir à sa table, sans bruit, tout à fait discrètement. D'autant plus discrètement, du reste, qu'à cet instant se produisait sur l'estrade une jolie brune au corps musclé, dont les traits évoquaient une possible origine hongroise.

« Et dire que dans un pays normal, elle pourrait devenir championne de gymnastique sportive et être la mère de cinq enfants, chuchota soudain l'homme à l'oreille d'Oleg.

– Elle en a déjà trois, répondit Oleg fort calmement, elle travaille comme éducatrice au jardin d'enfants où va mon fils.

– Quoi, vous voulez dire qu'elle ne vient ici que pour arrondir ses fins de mois? » s'exclama le barbu d'une voix étonnée.

Oleg acquiesça, mais l'expression « pays normal » lui resta fichée dans l'esprit. Il se prit à réfléchir à ce que pourrait être un pays normal. Il s'imagina vivant selon les règles, payant taxes et impôts, faisant construire avec le reste de son argent une villa pour sa famille, dans laquelle, au lieu d'un unique fils, grandiraient cinq enfants. Tout était parfait dans cette contrée imaginaire, sauf ladite maison que, malgré ses efforts, il ne parvenait pas à bien concevoir.

En dépit du whisky qu'il venait d'avaler, la calculatrice qu'il avait dans la tête continuait de fonctionner à sa vitesse habituelle, et, quand il eut pesé tous les chiffres, il comprit que dans un pays normal il n'aurait pu bâtir qu'un pavillon de plain-pied, et pas avant quinze ou vingt ans.

« Non », se dit-il, résolu. « Je ne partirai jamais d'ici pour émigrer dans un pays normal. J'aime trop ma patrie ! »

Le barbu lui offrit un cognac, et pendant que la scène restait vide, ils se laissèrent aller à bavarder.

Ils parlèrent d'abord de la pluie et du beau temps, puis de la vie.

« Et qu'est-ce qui vous a incité à venir ici? » demanda le barbu après un moment, tandis que son visage sans finesse s'éclairait d'une sincère perplexité.

Oleg réfléchit, mais à la vérité la question le prenait de court, et il n'avait pas particulièrement envie d'y penser.

« Je suis venu me reposer l'âme », souffla-t-il, mais pressentant d'éventuelles demandes de précisions, il décida de contre-attaquer aussitôt.

« Et vous, pourquoi êtes-vous ici ? »

Le barbu, qui manifestement ne s'attendait pas à être interrogé à son tour, se raccrocha du regard à la blonde qui venait d'apparaître sur l'estrade. « Je répondrai après ! » murmura-t-il, puis il fixa d'un air malgré tout assez sérieux et exigeant la jeune femme affublée d'un costume folklorique persan.

À deux heures du matin, Oleg commençait d'en savoir long sur son voisin de table.

Il s'appelait Vassili, ou plus exactement père Vassili, puisque aussi bien il était prêtre orthodoxe. On ne lui avait attribué que tout récemment une paroisse et une minuscule église en bois, non loin d'Oujgorod dans un village à moitié déserté.

À ce moment, Oleg n'avait pu dissimuler son étonnement. Un prêtre orthodoxe qui fréquentait les bars à strip-tease ?!

Mais le père Vassili avait expliqué fort posément qu'il était certes impossible de qualifier de déplaisant le spectacle de ces pécheresses qui se dénudaient, mais que ce n'était point là ce qui l'attirait en ces lieux.

« Les gens qui viennent ici sont de riches pécheurs, or ce sont justement ceux-là qui deviennent les mécènes et les bienfaiteurs les plus zélés de l'Église, avait-il ajouté d'un ton péremptoire. Pécher, c'est souscrire un emprunt auprès de sa conscience. Aider l'Église, ce n'est rien d'autre que rembourser ses dettes. Tenez, vous par exemple, vous avez beaucoup de dettes ?

– Deux ou trois mille euros », avoua Oleg, un instant mal à l'aise devant l'insignifiance de la somme annoncée : un homme qui doit des centaines de milliers d'euros, et mieux encore des millions, s'attire autrement plus d'estime et de respect.

« Je ne parle pas de dettes matérielles ! répliqua le père Vassili avec un geste agacé. Avez-vous honte de quelque chose que vous auriez fait ? »

Oleg ne se connaissait pas de gros péchés, quant aux petits qu'il avait pu commettre, ils étaient le lot d'une écrasante majorité de ses concitoyens.

« Fouillez bien en vous-même, lui conseilla le prêtre en le regardant droit dans les yeux. Vous pouvez fort bien ne rien me raconter. Mais un jour vous vous réveillerez avec l'envie de vivre dans un autre pays. Or il ne naîtra pas d'autre pays tant que vous-même ne serez pas devenu un autre. L'essentiel est de ne pas craindre de se repentir et de payer à temps son impôt ! »

Le père Vassili resta jusqu'à la fin du spectacle. Il acheva son cognac, puis s'en alla en laissant sur la table sa carte de visite. Oleg la glissa machinalement dans la poche de sa veste. Il parcourut ensuite les salles du casino, d'un pas indolent, s'arrêtant aux tables de poker mais sans s'y attarder, observant la roulette avec la plus grande indifférence.

Il n'avait toujours pas envie de regagner ses pénates, mais l'endroit avait perdu tout intérêt pour lui. Il ressortit du club sous une pluie invisible, une pluie nocturne. Des taxis montaient la garde à la porte, dans l'attente du riche client. Mais Oleg s'en fut à pied sur le trottoir humide et désert.

« Je me demande bien comment ça pourrait se faire, me réveiller un beau matin dans la peau d'un autre homme ? » pensait-il.

Se réveiller dans un autre pays, ça n'était pas compliqué ! Un jour il s'était endormi en Union soviétique, et il s'était réveillé en Ukraine indépendante. Et il n'avait pas remarqué de différence essentielle.

« Peut-être aurais-je dû dormir plus longtemps ? »

L'eau, sous ses pieds, produisait comme un bruit de ventouse. À droite s'étirait une palissade couverte d'affiches électorales : on s'apprêtait, dans le pays, à élire un président, et derrière la palissade on construisait un centre commercial. À gauche, le village d'attractions hongrois brillait de mille feux multicolores, entièrement monté et prêt à ouvrir : les vacances scolaires approchaient. Devant se dessinait un carrefour au-dessus duquel un gros œil orange clignotait.

« Eh, l'homme, tu veux pas faire un tour de manège pour pas cher ? Ça te rappellera ton enfance ! » lança une voix rauque et virile du côté du village forain.

Oleg s'arrêta. Il distingua dans l'ombre un type entre deux âges, en pardessus gris, un parapluie ouvert au-dessus de la tête. Il réfléchit.

« Et demain je me réveillerai dans un autre pays ? » demanda-t-il, encore sous l'influence de sa conversation avec le père Vassili.

« Bien sûr ! promit l'autre d'un ton assuré.

– Et combien ça coûte ?

– Dix *hryvnia* ! Mais tu peux faire autant de tours que tu veux ! »

Fut-ce l'effet du mélange cognac et whisky, ou bien de son humeur, ou encore de la promesse d'un « autre pays » ? Toujours est-il qu'Oleg accepta. Il donna dix *hryvnia* à l'homme qui se présenta comme le gardien du village d'attractions, et grimpa sur un des sièges humides du manège.

Le gardien alluma la lumière dans une guérite voisine de l'installation, il y pressa différents boutons, et l'engin se mit à tourner. L'homme quant à lui se dirigea vers sa roulotte d'où s'échappaient des voix joyeuses de femmes ivres.

Oleg était aux anges. Qui plus est, comme dans les contes, la neige s'était mise à tomber. Une neige douce et légère. Et le manège l'emportait dans son enfance. Il ferma les yeux et aperçut alentour une multitude d'adultes agitant la main au passage de leurs mouflets qui tournoyaient au-dessus de la terre en riant aux éclats. Mais le carrousel tournait de plus en plus vite, et Oleg avait à présent beaucoup de mal à repérer dans la foule les visages de son papa et de sa maman. Il continuait malgré tout à leur faire signe de la main. Tout à coup lui revinrent à l'esprit des chansons enfantines depuis longtemps oubliées. La chanson de Tchebourachka, celle du wagon bleu, une autre qui parlait de pomme de terre et d'un détachement de pionniers. Il se mit à chanter ; les flocons de neige s'engouffraient dans sa bouche ouverte pour y fondre aussitôt. Il eut l'impression de diminuer de taille, de redevenir pour de bon un petit enfant. Même sa voix était fidèle à ses souvenirs, il la reconnaissait, bien sonore, comme à l'époque de ses sept ans. Le manège l'avait ramené en enfance – aucun doute possible. Il savait déjà ce qui allait se passer ensuite. Ensuite, le manège ralentirait et s'immobiliserait. Son papa l'aiderait à descendre de son siège. On irait dans un café, tout près. Papa prendrait un café-cognac et commanderait pour lui, Oleg, en dépit des protestations de maman, une grosse glace à la chantilly. Après quoi ils se rendraient tous ensemble au grand magasin pour acheter la luge toute neuve promise depuis longtemps pour Noël.

Tout à coup la peur fit son apparition. Oleg, par inertie, acheva la chanson de la pomme de terre, la gorge nouée. Il se sentait soudain effrayé à l'idée de ne plus jamais revoir Valia et Vovka. De ne plus pouvoir jamais quitter cette enfance soviétique. Voyant passer en bas la roulotte du gardien, dont la fenêtre s'éclairait d'une paisible lumière jaune, il hurla :

« Arrêtez ! Arrêtez ! ! ! »

Mais personne ne se montra. Oleg sentit la tête lui tourner, il commençait à avoir mal au crâne. Il fallait agir. Il détacha la chaîne de sécurité et sauta dans le vide. Il heurta violemment le sol, s'affalant sur le côté dans l'herbe trempée de pluie.

Il resta étendu là cinq ou six minutes, le temps de reprendre ses esprits. Puis il se dirigea en boitillant vers la roulotte. Il y trouva le gardien et deux femmes au visage rond qui le considérèrent d'un air ahuri, les yeux rougis par l'alcool.

« Qu'est-ce que vous voulez ? » demanda l'homme, d'un ton hostile et agressif.

À l'évidence, il ne l'avait pas reconnu. Chercher à discuter avec lui était peine perdue. Aussi, pour se libérer de la colère pleinement justifiée qui l'emplissait, Oleg se contenta de renverser la table. Bouteilles, verres et assiettes se répandirent par terre dans un tintement de verre brisé.

La voiture de police le rattrapa alors qu'il était déjà en vue de sa maison.

« On va t'apprendre à arracher les affiches électorales ! Démocrate de mes deux ! » lui aboya au visage un des policiers. On le poussa sans ménagement dans le fourgon et on l'emmena.

Oleg, le regard rivé à la vitre noire du véhicule, chercha en vain à se rappeler s'il avait ou non arraché une affiche de la palissade. Mais quoi qu'il en fût, dès le lendemain midi, il était inscrit sur la liste des extrémistes politiques et expédié à Kiev.

À la prison de Loukianovka, il fut accueilli avec beaucoup d'égards. On lui servit du thé avant de l'accompagner à sa cellule. La politesse exagérée des gardiens finit par l'effrayer.

« Ils me prennent pour un prisonnier politique ! se dit-il. Or je suis comme les autres ! Je n'ai rien de particulier ! »

Il se rappela alors le père Vassili rencontré au club de strip-tease. « Je dois me repentir ! » conclut-il, et sur-le-champ il réclama à rencontrer le juge en charge de son affaire. À ce dernier, il expliqua qu'il ne devait pas être jugé pour destruction d'affiches ou autre méfait à couleur politique, mais pour avoir régulièrement négligé de payer taxes et impôts. Le magistrat posa sur Oleg un regard alarmé.

« C'est votre premier séjour en prison ? s'enquit-il.

– Oui.

– Alors cessez de vous tourmenter ! Mieux vaut pour vous d'être accusé d'extrémisme. Selon toute apparence, les vôtres vont l'emporter, par conséquent personne ici ne vous traitera mal. Et si jamais quelque chose n'allait pas, plaignez-vous auprès des gardiens ! »

Le juge se retira, laissant Oleg dans un état de profonde perplexité. Ce dernier tira de sa poche la carte de visite du père Vassili, l'examina, se remémora le visage taillé à coups de serpe, envahi de barbe. Puis haussa les épaules, tant il se sentait étranger à la situation.

Et voilà qu'après sa première nuit passée en prison lui était venu le désir d'étudier. Le livre sur *Comment devenir millionnaire*, rédigé par un individu au nom inconnu, ne lui avait cependant strictement rien appris. Seul le manuel d'auto-apprentissage du finnois titillait un peu son esprit et son imagination.

Plongé dans ses réflexions, Oleg fixait le plancher de la cellule, marqué de taches rousses et verdâtres de lichen. Il se pencha, jeta un coup d'œil sous le lit et aperçut, le long du mur glacé, des têtes de champignons émergeant de la mousse qui mangeait les lattes de bois. Il s'accroupit et rampa à moitié sous le lit pour essayer d'observer la chose de plus près. Il régnait là un parfum de forêt d'automne !

L'odeur le projeta loin en arrière, dans sa prime enfance, quand avec son grand-père amateur de champignons, il arpentait les bois des Carpates pour y cueillir des cèpes. Les champignons qui poussaient dans sa cellule n'étaient manifestement pas comestibles, néanmoins leur présence ne pouvait que le réjouir, lui qui, depuis tout petit, adorait la nature. Il était déjà ressorti de sous le lit et à présent était simplement étendu sur le matelas un peu trop ferme, les yeux rivés au plafond, prêt à rêver, comme un gamin, de longues randonnées et de parties de pêche. Les champignons étaient un peu comme des signes avant-coureurs de la liberté. Ils faisaient partie de la nature, or nature et liberté sont étroitement synonymes.

Quelques coups poliment frappés à la porte de sa cellule vinrent distraire Oleg de ses pensées. Le judas s'ouvrit, et le gardien qu'il connaissait déjà l'informa que Valia avait fait le voyage pour le voir.

« Tu sais quoi ? Il y a des champignons qui poussent dans ma cellule ! » annonça Oleg à sa femme dès qu'il fut seul avec elle dans la pièce réservée aux visites.

Valia posa sur une petite table de bois un panier rempli de *pirojki.* Oleg se jeta dessus.

« Ils sont bons ? demanda Valia.

– Non, immangeables.

– Comment ça, immangeables ? ! Ils sont au chou et à la viande…

– Ah ! tu veux parler des *pirojki* ! s'exclama Oleg. Ils sont délicieux ! Je pensais aux champignons…

– Ils t'ont tabassé, torturé ? » demanda soudain Valia, en dévisageant son mari d'un air effaré.

« Non. Tout va bien ici. Il y a une chouette bibliothèque. Les matons sont sympas. Seulement ma cellule est très humide. C'est très mal chauffé. Sous mon lit, il pousse de la mousse et des champignons, comme dans la forêt.

– Peut-être devrais-tu déposer une plainte ?

– Pour quoi faire ? ! Non, achète-moi plutôt quelques galettes de blanc de semis et rapporte-les ici ! répondit Oleg d'un ton pensif.

– Mais où est-ce que ça s'achète ?

– Va au marché le plus proche et parle avec des marchands de champignons. Ils pourront sûrement te renseigner. »

Le lendemain matin, Oleg fit part de son idée au gardien qu'il connaissait.

« Intéressant ! fit l'autre en se grattant la nuque. Venez avec moi, j'ai du thé et du miel. Nous discuterons en buvant une tasse ! »

La petite pièce dévolue au gardien était humide elle aussi. D'un coup d'œil professionnel, Oleg releva la présence des mêmes taches verdâtres sur les lattes de plancher au-dessous de la couchette.

« Ici aussi, on pourrait, dit-il à son hôte tandis que celui-ci s'affairait devant la bouilloire électrique.

– Qu'est-ce qu'on pourrait ? demanda le gardien en se retournant.

– Faire pousser des champignons de couche.

– Ici ? » Le gardien promena autour de lui un regard dubitatif. « Non, ça ne marcherait pas. Ils seraient vite piétinés. Ce local n'a pas de locataire attitré. Toi, dans ta cellule, tu es ton propre patron, et là, ça peut marcher... »

La cérémonie du thé prit fin de la meilleure manière du monde. Le gardien promit à Oleg de lui rapporter des cuisines de la prison plusieurs caisses de bois dans lesquelles il pourrait émietter son blanc de semis. Ne restait qu'un détail à régler : le blanc de semis lui-même.

Le lendemain, Oleg avait disposé sur le plancher de sa cellule huit caisses de bois remplies de mycélium de champignon. Quatre avaient pris place sous le lit, les autres contre le mur en face.

Sa femme avait réussi à se procurer le blanc de semis. Il était d'humeur étonnamment joyeuse, même si son regard et ses gestes trahissaient sa fatigue.

« Vous allez bientôt être tous libérés, déclara Valia d'une voix convaincue. Je le sais de source sûre. Je fais en ce moment la popote pour les révolutionnaires. Et je dors pas très loin d'ici, dans un sac de couchage que j'ai eu gratuitement...

– Quels révolutionnaires ? » demanda Oleg, surpris.

« Comment, tu n'as pas la télé dans ta cellule ? »

Il y avait bien un poste de télévision dans la pièce, c'est pourquoi Oleg s'abstint de répondre à la question. Les nouvelles rapportées du dehors par sa femme l'avaient troublé. Il lui semblait tout à coup que le seul îlot de confort et de stabilité qui restât était sa prison humide. En proie à une soudaine vague d'anxiété, il tira de la poche de sa veste la carte de visite du père Vassili.

« Prends, dit-il à sa femme. Appelle-le. Dis-lui que je suis ici. Dis-lui que j'ai voulu me repentir, mais qu'on m'en a empêché. »

Valia regarda son mari d'un air inquiet, comme on regarde un enfant malade. Elle prit la carte de visite, embrassa Oleg et s'en alla, non sans avoir promis de revenir le lendemain avec un tas d'oranges.

Mais ni le lendemain ni le surlendemain Valia ne réapparut. Les champignons sous le lit poussaient plus vite que ceux placés contre le mur. Le gardien passait plusieurs fois par jour admirer leurs progrès et en profitait pour s'asseoir quelques minutes.

« Il ne serait pas temps de les récolter ? » demandait-il à Oleg en contemplant les solides agarics qui haussaient avec assurance leur petit chapeau gris et rebondi au-dessus du mycélium.

« Non, c'est trop tôt, répondait Oleg. Il faut attendre encore un jour ou deux. »

« On offrira le premier kilo au directeur de la prison, déclara un jour le gardien.

– Le premier kilo sera pour vous, pour votre gentillesse et votre aide. Mais le deuxième, oui, on pourra lui donner. »

Le gardien tapota l'épaule de son prisonnier d'un geste reconnaissant.

Au-dehors, il pleuvait, la révolution orange battait son plein, mais à la prison de Loukianovka, la vie suivait son cours au même rythme mesuré. Le directeur était un homme moderne et équitable. Il vint en personne visiter Oleg dans sa cellule-champignonnière et s'enquit de sa santé. Lui-même se plaignit au prisonnier d'un rhume chronique, conséquence du mauvais chauffage des bâtiments. Puis il déclara avoir toujours soutenu les petites entreprises et lui promit que la cuisine de la prison lui achèterait sa production au prix normal du marché.

Bientôt Oleg eut le plaisir de palper au fond de sa poche le premier billet de cent *hryvnia* honnêtement gagné grâce aux champignons.

À sa demande, le gardien se mit en quête de locaux vides susceptibles d'être utilisés eux aussi pour la myciculture. De brillantes perspectives se dessinaient pour l'affaire, mais il fallut qu'à ce moment précis la révolution orange triomphât derrière les hauts murs de briques de la prison. Ne s'étant pas hasardé une seule fois à allumer le poste de télé, c'est par son ami gardien qu'Oleg apprit la nouvelle.

« C'est la fin du monde ! se lamentait sincèrement le fonctionnaire désemparé. Tous les gens normaux vont être libérés, il n'y aura plus en prison que des criminels endurcis avec lesquels on ne peut ni bavarder ni prendre le thé ! Je vais partir d'ici ! Je retournerai à l'école : j'ai les compétences pour enseigner la géographie.

– Ne vous en faites pas, lui dit Oleg dans l'espoir de le consoler. Tout peut encore s'arranger. »

Hélas, rien ne s'arrangea, et Oleg fut libéré dès le lendemain matin. Valia vint le chercher à la prison, accompagnée du père Vassili qui, à la demande de la jeune femme, était venu d'Oujgorod. Le directeur et le gardien escortèrent Oleg jusqu'aux portes de l'établissement pénitentiaire. Le gardien portait le sac contenant les affaires de l'ex-détenu.

« Je prendrai soin des champignons ! » lui promit-il en chemin.

Dehors, une foule de journalistes et plusieurs caméras de télévision guettaient l'apparition d'Oleg.

Il paraissait fatigué et déçu. Il regardait la neige tomber, dévisageait les inconnus qui l'entouraient. Il était surtout préoccupé par le sort des champignons qu'il laissait derrière lui. C'est pourquoi il éluda les questions que les journalistes lui criaient en pleine face. Le père Vassili dut même écarter de force un photographe particulièrement collant, pour dégager l'accès à la voiture qui les attendait.

Le train roulait déjà vers Oujgorod, quand Oleg, installé au wagon-restaurant, parut enfin émerger de sa torpeur. Il regarda sa femme bien-aimée dans les yeux et déclara : « Il nous faudra revenir pour récolter les champignons !

– Nous reviendrons, c'est juré ! lui répondit Valia. J'ai maintenant des tas d'amis à Kiev ! »

À l'approche des fêtes de Noël, Oleg téléphona à son ami gardien. Celui-ci se plaignit de ses rhumatismes, des amoncellements de neige, et du fait que depuis le départ d'Oleg, les champignons peinaient à pousser. Il annonça que le directeur de la prison était prêt à lui louer son ancienne cellule pour une somme symbolique, pourvu qu'il continuât à s'occuper de leur culture. Oleg promit de venir en janvier pour discuter sérieusement et arrêter une décision. L'idée d'un éventuel déménagement à Kiev ne plaisait guère à Valia, mais elle s'abstint de contredire son mari.

Au début de l'année, le pouvoir passa définitivement aux mains des vainqueurs. Le nouveau président eut pour premier soin d'ordonner de régler le chauffage central à pleine puissance de manière que personne dans le pays ne souffrît du froid. Oleg en fut informé là encore par son ami gardien qui l'appela le 10 janvier pour lui annoncer qu'il n'avait plus de raison, désormais, de venir à Kiev : le chauffage fonctionnant enfin, les champignons s'étaient desséchés et on avait dû les jeter.

La triste nouvelle plongea Oleg dans une profonde dépression.

Il s'enferma dans la salle de bains avec son manuel d'apprentissage du finnois et entreprit d'apprendre bêtement par cœur les lettres et les sons, puis le vocabulaire et la grammaire.

Curieusement, cette langue compliquée se laissait assimiler sans difficulté particulière. Oleg n'ouvrait la porte de la salle de bains que deux fois par jour. La première pour recevoir des mains de Valia une écuelle de soupe, la seconde pour qu'elle pût prendre sa douche. Peu à peu, la fréquentation de la langue finnoise et l'agréable taux d'humidité de la pièce exiguë, fort semblable à une cellule de prison, procurèrent à Oleg un certain apaisement. Un jour il frappa à la porte de son refuge et, quand la voix affolée de son épouse lui parvint de l'autre côté, il réclama une feuille de papier et un stylo.

La rédaction de sa première lettre en finnois lui demanda un épuisant effort de concentration. Enfin, quand il eut terminé, il frappa une nouvelle fois à la porte.

« Que veux-tu, mon chéri ? lui demanda aussitôt sa femme qui n'avait pas bougé.

– Ouvre ! ordonna-t-il.

– Mais c'est de ton côté que c'est fermé ! »

Oleg hocha la tête, ouvrit la porte et tendit à Valia la feuille de papier à présent noircie.

« Tâche de trouver l'adresse de l'ambassade de Finlande et expédie-lui ça ! » dit-il d'un ton bref avant de s'enfermer de nouveau.

Valia s'acquitta de sa mission et continua avec patience de préparer le repas de son mari retranché dans sa salle de bains.

Une semaine après, une lettre arriva de l'ambassade de Finlande. L'enveloppe était fort mince, et Valia se contenta de la glisser sous la porte. Quelques minutes plus tard un cri retentit à l'intérieur du cabinet de toilette, cri dont on n'eût su dire s'il était de joie ou de désespoir. Valia accourut et tambourina des deux poings contre la porte en hurlant :

« Ouvre, ouvre ! »

La porte s'ouvrit et devant elle parut son mari, la joue hérissée de barbe, un sourire farouche sur son visage naguère civilisé.

« Fais les valises ! commanda-t-il simplement.

– Où partons-nous ?

– En Finlande ! On me propose un poste de conseiller en charge de la réforme carcérale !

– Qu'est-ce que tu leur as écrit ? »

Oleg l'embrassa tendrement sur les lèvres, sans prendre garde que sa barbe hirsute lui piquait les joues, puis il ajouta presque en un murmure : « Ne t'inquiète pas, nous allons être heureux !... »

Deuxième réimpression

Cet ouvrage a été achevé d'imprimer en octobre 2015
dans les ateliers de Normandie Roto Impression s.a.s.
61250 Lonrai (Orne)
N° d'impression : 1504761
Dépôt légal : novembre 2010

Imprimé en France